落合直文の百首

JN099039

梶原さい子

ふらんす堂

目次

○凡　例

出典は、伊藤文隆編著『定本落合直文綜合歌集』。これは、『改訂　落合直文全歌集』（二〇〇三年　落合直文会）をさらに校訂したものである。直文は生前、歌集を編んでいないので、各歌には、雑誌などへの発表年を付した。

落合直文の百首

名もしれぬちひさき星をたづねゆきて住まば
やと思ふ夜半もありけり

「住まばや」は住みたいということ。「名もしれぬちひさき星」に住みたいとは、なんてロマンチックな発想だろう。実際に宇宙に行けるとは思いもしない時代の歌である。また、「たづねゆき」という動詞の選びがいい。情感にあふれている。

そして、そんな夜半もあるというところには、現代にも通じる、心は揺れるものだという認識が映っている。

発想がみずみずしく、今詠まれた歌だと言っても、違和感がない。新しい時代の新しい歌を、直文が志向していたことがよくわかる。

明治三三年

夕暮れを何とはなしに野にいでて何とはなし
に家にかへりぬ

特に何もしなかった。夕方ふらりと野に出て、帰ってきただけだった。という歌だが、あえて、そこを詠んだところにうなる。こう見えて、革新的な歌ではないか。
「何とはなしに」の繰り返しが効いており、夕暮れのそこはかとない感傷的な気分とともに、のんきで、どこか弾むような感じも受ける。明確な目的や目的地もない代わりに、大きな心配事や悲しみもない。からだの痛みも障りもない。ゆるやかに足を動かして心を遊ばせる自由さ。何も意識しなくていい大らかさ。この何もなさ加減こそ、とても豊かだ。

不明

うちむれてかへる樵夫にことゝはむ明日もこ
ゆべき山はありやと

十九歳の時、直文は遊学のため、伊勢の神宮教院から東京へ向かった。その道のりが紀行文「村雨日記」に記されている。これは、そこにある百三十六首の中の一首。
険しい小夜の中山を進む際、樵《きこり》たちに直文は尋ねる。「明日も越えるべき山はあるか」と。無論、この「山」とはこの先の山路のことだが、いろは歌の「有為の奥山けふ越えて」の人生の山も連想させる。また、「こととはむ～ありやと」は、伊勢物語の東下りの段に拠っている。現前の景色と古典世界の重なり合い。この道行きは、歌枕を旅するものでもあり、文学者直文の出発点でもあった。

明治一四年

みねの松みえみかくれみあけわたるはこねの
山のきりのむらむら

これも「村雨日記」の中の歌だが、早口言葉か、または、呪文かというような、ユニークな音調である。

意味は、「はこねの山を歩くうちに夜がすっかり明けて来たけれど、山頂の松は見えたり見えなかったりする。霧に濃淡があって、むらなのだ。」というもの。この日、朝早く宿を出発したので、まだ辺りは暗かった。なおさら山路は暗い。

マ行の音を多用し、「～み～み」の構文を生かしている。そして、それだけでは終わらず、結句に「むらむら」を持ってきた。遊び心である。

明治一四年

あながちにかきながさずもわがおもふこころ
のほどは妹やしるらむ

許婚である松野《まつの》への一首。松野は、養父・直亮《なおあき》の娘で、直文が十四歳の頃には婚約していた。

あながちに——無理に、さらさらと言葉を重ねなくても、私の思いの度合いを恋人は知ってくれているだろうか。この疑問形は一つの挑発であり、信頼でもある。

さて、「妹」は何と答えよう。ちなみに、早々に直文は自分なりの答えを出していて、〈おもふことありてかきにしこのふみをいたづらにのみ妹はみるらむ〉。つまり、まともに取り合わないだろうなあ、と予想している。こんなやりとりもできる二人の関係、微笑ましい。

明治一四年

ふるさとのいよいよ遠くなるままに夢はいよいよ見えまさりつつ

「ままに」は「〜するにつれて」という意味であり、ふるさとがどんどん遠ざかるにつれて、夢がはっきりと見えてくることを言っている。「旅夢」という詞書がついているので、旅の途中、乗り物に揺られながら、ふるさとの夢を見ている場面なのだろう。それにしてもこれはどういうことか。離れるほどに明確な夢になるとは。しかし、この反比例の公式、不思議に説得力がある。

一方で、芭蕉の言うとおりに人生を旅とするなら、ふるさとから離れて生きるほどに強まる、ふるさとを恋う気持ちこそ、「旅夢」だと言えようか。

不明

もろともにかぞへてききしかねの音をひとり
ひとりにいく夜きくらむ

――かつて一緒に数えながら聞いた鐘の音を、今は離
　　れればなれの一人ずつで、幾夜聞くのだろう。

　これは、竹路《たけじ》に宛てた手紙の中の一首。竹路は、養父直亮《なおあき》の次女で、この歌が詠まれた翌年に直文と結婚する。そもそも直文は、竹路の姉、松野と婚約していた。が、松野が死去。竹路は別の家に嫁いでいた。そんな二人が一緒になるのだ。

　二人が会って離れてから百日ほどが経っている。時を知らせる鐘の音。上句ではひとつだった音が、下句ではばらばらに打たれる。「ひとりひとり」が迫ってくる。

明治一五年

逢はでのみ秋は暮れけりこの冬はわがたもと
よりしぐれそむらむ

逢わないうちに秋は過ぎ去り、冬が来てしまった。「のみ」はその上の語を強調する。恋する人と一緒にいられないつらさを詠んだ歌である。

下句は、和歌の伝統的な、たもとに降る時雨、つまり、たもとに落ちる涙という見立てに基づくが、興味深いのは、まるで、自分の袖から冬の寒さ、厳しさが始まって行くような認識が展開しているところだ。細部から世界が形作られるダイナミズムがある。

二句切れがはかなげに効いていて魅力的。

詞書は「冬恋」。

不明

埋火をはなれぬものは吾妹子の手飼のねこと
われとなりけり

現代風に言えば、ホットカーペットに寝そべり続ける猫と私、こたつから一歩も出ない猫と私、ということになろうか。
「埋火《うずみび》」は炉や火鉢の灰にうずめた炭火のことで、冬、これで暖を取っていた。「吾妹子」は妻、竹路のこと。「手飼の」とわざわざ言ったところで、妻が猫を大事に世話している様子がイメージされる。そして、「手飼の」は「ねこ」に係る言葉なのだが、「われ」にまで係っていくような雰囲気もあって楽しい。幸せでちょっとだめな、一人と一匹。そのことが、うっすらと自覚されている。

明治一九年

ふるさとにかよふをみれば冬のよの雪は夢路
にさはらざりけり

――雪の夜に夢を見た。ふるさとに行く夢を。とすれば、雪は、夢の道を妨げるものではなかったんだな。

現実と夢の世界が交錯し、不思議な感慨が生まれている。目覚めた後のぼんやりと意識を手繰るような状態は、上句がひらがな、下句になってぽつりぽつりと漢字という表記とも合っている。

〈ふるさとの夜路や雪にうづむらむ冬はゆめさへかよはざりけり〉逆に、こんな歌もある。こちらでは、夢の中でもふるさとに行けない。ふるさとは今、雪に閉ざされているだろう。静かな、遠いふるさとなのである。

明治一九年

緋縅の鎧をつけて太刀はきてみばやとぞ思ふ
山桜花

011

――炎のように赤い鎧《よろい》をまとい、太刀を腰に差し、そうして山桜を見たい。

「みばや」は願いの表明であり、「て」できびきびと繫がれた上句の後に、すっきり、真っ直ぐ、打ち出される。また、鎧の赤と桜の白のコントラストも鮮やかな歌だ。

直文は江戸時代の終わりに伊達藩の重臣の家に生まれた。当然、明治の四民平等の世になっても、ルーツである「武士」は強く意識されていただろう。

もう、鎧を着けることはない。だからこそいっそうまぶしく凜々しい理想の姿が、ここにある。

明治二五年

袴をば買ひきて今日ははかせ見むわが子よことし五つになりぬ

「わが子」は、長男直幸。今の七五三につながる、着袴の儀式を詠む。直文の武家という出自も思われる歌で、やはり、ここはきちんと、通過儀礼としての節目の儀式を行わなければならないという使命感が伝わってくる。直文もきっと、生家で袴を着けたことだろう。
とは言え、「はかせ見む」に窺える意欲や、「わが子よ」の「よ」から溢れる感慨には心の弾みが見えて、まずは、ここまで健やかに育ってくれた嬉しさ、愛しさが、歌の第一義としてある。「今日は」というからには、この日がベストタイミング、いいお日和だったのだ。

明治二四年

いくつねて春にならむと父母にとひしむかし
もありけるものを

013

明治二十六年一月、仙台にあった「奥羽日日新聞」に「歳暮のうた」として載ったもの。

——あといくつ寝たら春になるの？　と父母に尋ねた昔もあったなあ。

末尾の「ものを」は詠嘆を表す助詞で、故郷気仙沼での幼き日を愛おしむ気持ちが込められている。この時、長男直幸は五歳、次男直道は三歳。彼等の姿が、記憶を呼び覚ましたのだろう。

「春」＝「正月」の歌だが、ほのぼのとした季節を待つ歌として読んでもいい。

明治二六年

28—29

をさな子の死出の旅路やさむからむこころし
てふれ今朝の白雪

「長女ふみ子の身まかれる日」という詞書がある。一歳に満たないうちに亡くなった長女。直文、三十一歳のことである。

上手く歩けもしない子が、これから険しい死出の旅路を行かなければならない。それだけでも本当につらく、苦しいものなのに、ましてや雪が降ったなら、どんなにか大変な思いをするだろう。雪に対して、「こころしてふれ」――手加減しなさいと命令する、これは、自然への大いなる祈祷であり、親としての心からの願いだった。「白雪」と幼子の無垢な様子が重なってくる。

明治二六年

失せし子に面影似たる雛もあり買ひてゆかまし妹に見すべく

015

人形が売られている中に、亡くなった子の面影を宿したものがあった。買っていって妻に見せようかと思ったのである。

九人の子のうち、四人を亡くした直文。その中で、女子は長女である文子。生まれて一歳にならないうちに死んでしまった。

直文もつらいが、妻もつらいだろう。この「妹」は後の妻、操子《みさお》。子に似た人形を買っていったら、少しは慰められるだろうか。少なくとも、その心には救われよう。妻を思う心、二人で一緒に子を偲ぼうとする心に。

不明

をとめ子がまねく袂をよそにして心たかくも
とぶほたるかな

「ほ、ほ、ほーたる来い。」少女がほたるを呼び込もうとしている。薄物か、あるいは、浴衣を着て。「まねく手」ではなく「まねく袂」としたところで、歌に、いっそうの躍動感が生まれた。そしてたおやかさも。

しかし、まねきなどまったく顧みずに、ほたるは飛んで行く、高きへと。その「高き」は実際的な高さであると同時に、心理的な高さでもある。もう追い付けない。

また、「心たかく」には気位が高いという意味もあるので、この「心」をほたるの心と取るならば、人間などお構いなしな、超然としたその姿が見えてこよう。

明治二十六年

軍衣《いくさぎぬ》きてねたる夜はあだをうつ夢よりほか
の夢なかりけり

勤めていた第一高等中学校（後の第一高等学校）の生徒たちの発火演習に同行した直文は、その夜、「従軍行」という題で百首をものしたという。うちの一首。

発火演習とは、野営も含めた実践的な軍事訓練。重い銃を担ぎ、かなりきつかったようだ。しかし、「あだをうつ夢よりほかの夢なかりけり」というフレーズには浪漫性が感じられ、情感ある一首になっている。そして、楽府の「従軍行」の伝統をどこかに置きながら、〈血まみれし槍のほさきを洗はむとしばしたちよる谷の下水〉などの直文ならではの世界が展開されていく。

明治二六年

ひとつもて君を祝はむ一つもて親を祝はむ二
もとある松

天皇への忠義、親への孝行。いわゆる忠孝の歌として戦前の教科書に載っていたので、直文に愛国歌人のイメージを植え付けることになった歌だが、実は、友人、畠山健《たけし》の父君の古稀の祝いに寄せたものだそうだ。

常緑樹である松は縁起がよい木で、新年には神を迎える依り代の役割も担っている。その強い生命力を歌に詠み込みながら、健康と長寿を祈った。

そして、松は直文にとっても特別な木。実家の庭には、父が植えてくれた七本の松がある。家族の愛情を感じさせる木なのだ。マ行の音が多く、柔らかく温かみがある。

明治二七年

よろづ代を春にちぎりし花にまたよろづ代ち
ぎるうぐひすの声

とてもスケールの大きな一首である。花は春に、「あなたが巡ってくるたび、私は咲きます、永久に」と、約束した。その花に、今度はうぐいすが約束する。「あなたが咲くたび、私は美しい声で鳴きます、永遠に」と。

思えば、このような約束によって、この世は動いてきた。うねるようなリズムに乗せて、自然の摂理の中に見出された壮大な物語が詠われる。

うぐいすとちぎるとなれば、「花」は梅だろうか。梅もすてきだ。けれど、桜でもいい。それぞれの趣の物語が展開される。

明治二七年

明日知らぬ身をば忘れて大かたに人はきくら
むいりあひのかね

明日どうなっているかわからない自分ということを全く思わずに、普通のこととして晩鐘を聞き流す私たち。そのことにふと思い当たった心が歌となった。「きくらむ」の「らむ」は現在推量であり、「今、このとき〜しているだろう」と、目の前にいないたくさんの人に思いを巡らせている。人というものの浅はかさ。逆に幸せで可愛らしい部分。それらが普遍化され、格言のように響いてくる。

時代背景を読めば、日清戦争の頃の作なので、このことも「明日知らぬ身」に関わっていようか。

明治二八年

うきことのあるたびごとに君まさばまさばと
ばかり思ひけるかな

「梧陰先生の御墓にて」という詞書がある。梧陰先生とは、井上毅《こわし》。明治時代、文部大臣などを務めた人物で、直文はたいへん慕っていた。隔てのない交わりだった。

「うき」は「憂き」。つらいことがあるたびに、先生がいてくださったらと思ってしまうのだ。「いる」の尊敬語「ます」＋仮定の助詞「ば」＝「まさば」の繰り返しは、叶わない痛切な願いである。

先生の存命中にも、〈つかさをばみなうちすてて朝な夕なみまくらのへにこの身あらばや〉——役目も何もかも捨てて枕辺にいたいと直文は詠んでいた。

不明

ゆく水にしばしながれてとびゆくはたれにう
たれしほたるなるらむ

ほたるが川とともにしばらく流れたのち、また復活して飛んで行った。誰かの手、あるいは団扇などに打たれて、一瞬気絶していたのだろうか。

打たれたが再び飛ぶという発想は、〈手弱女のおひ打つ袖や弱からしふたたび立ちて飛ぶ螢かな〉などにも見られ、直文の中でのひとつの典型となっている。

「水」以外はひらがなであり、さらさらと流れる仮名はこの歌にふさわしい。思いがけない復活劇は、いっそうきれいで、いっそう印象的だったろう。打つことが可能なほどに、ほたるが乱舞していた頃の歌。

明治二八年

おく露はひとつなりしをいろいろに萩の花さ
く宮城野の原

——置いたのはたった一粒の露だったのに、今、宮城
　野に咲く萩はなんて多様な趣なのだろう。

「萩」と「露」、「萩」と「宮城野」——古典文学の伝統に則る一首である。「宮城野」は、仙台にある歌枕。銘菓「萩の月」のネーミングはここに由来する。

と、文字通りに読めば伝統的な自然詠だが、詞書によると歌全体が比喩であることがわかる。養父死去の折、弔いに来た養父の仙台時代の教え子達が各界で活躍していることを知り、感激したのである。養父が置いた初めの一粒。「露」は涙に通じながらも、輝く。

明治二八年

いたづらになきて今夜もわかれけり君とわれ
とは親なしにして

――ただただ泣いて今夜も別れたんだ。もう親のいない君と私だから。

養父直亮《なおあき》の逝去は、直文が三十四歳の時。十一歳で師弟として出会い、十二歳で才能を愛され養子となり、それからの月日、親子として互いを思いやってきた。

一方、「君」は知人滝川素介。同じ日に父を亡くす。墓も同じ青山墓地なので詣でるたびに会い、一度などは近くの茶店で外套を取り違えて着たことも。その滝川君が直文の家に来て語り合い、夜遅く帰ったときの歌である。

「親なし」という言葉の直截さ。しみじみ切ない。

明治二八年

世をいとふこころの月のかげまでもさやかに
やどす水茎のあと

「水茎」はみずみずしい茎のことで、そこから「筆」の美称となった。だから、「水茎のあと」は書かれた文字や手紙を指す。「世をいとふこころ」――つまり、出家や隠遁をした人の筆跡が、月の光を宿すほどの清麗なものだったのだ。

また、ある夜の月の素晴らしさを記した文《ふみ》を読み、そのイメージがくっきりと立ち上がったことに感激した、そういう歌とも読めるだろうか。

趣深い。白紙《しらかみ》に黒い文字、そこより淡く放たれる月光。そんな印象を大事にしながら味わいたい。

明治二九年

あやまりと思はぬかたにあやまりもあらむと
おもへばやさしかりけり

――間違いと思っていないところに間違いがあるだろうと思うと恥ずかしい。

抽象的な歌のようだが、実は、「自著『日本大文典』正誤表の末尾に」という詞書が付いている。そう、「あやまり」とは、辞書の「誤り」なのである。

国文学者でもある直文は、『日本大文典』や『ことばの泉』などの、文法書や辞書を編纂した。その後世への恩恵は計り知れないが、そんな偉大なる辞書の改訂版の正誤表にこんなチャーミングな歌を載せるとは。粋だ。当時の学問へ向かう態度の自在さを知ることができる。

明治三〇年

よびにやりし友よりよびに遣せけりいづこも
雨は寂しかるらむ

雨の日の歌。友だちを呼びにやったら、入れ替わりに、その友だちからも誘いが来た。お互い、雨が降ってうら寂しくて人恋しくなったのだろう。対句めいた上句はリズムも含めてユーモラスであるが、それを下句でまとめるに至って情感がじわりとしみ出す。それは、あちらも、向こうもではなく、「いづこも」と広く括った成果。誰もが抱いたことのある根源的な寂しさに触れてくる。
　同じ時に相手のことを思っている。今ならばすかさず、SNSで連絡し合うのだろうが。すれ違いの妙があるからこその味わい深い一首である。

明治三〇年

この松はわが曾祖父《ひいぢぢ》の植ゑたりとかたるその
人また老いにけり

この松、ざっと百年近くは経っているだろう。人間はあっという間に世代交代してしまうけれども、その間も、松は変わらずに在り続けた。

その感懐を純粋に詠んだ歌ではあろうが、構造としてはコミカルで、「曾祖父《ひいぢぢ》」のところが「高祖父《ひいひいぢぢ》」「五世の祖父《ひいひいひいぢぢ》」……と変わりつつ、無限にこのやりとりが行われていくような可能性を持っている。

松は「長寿」を象徴する木なので、その御利益にあやかっての「老いにけり」なのかもしれない。目出度い歌なのである。

不明

をさな子が乳にはなれて父と添ひ今宵寝たり
と日記にしるさむ

――幼い我が子が、今晩自分と寝てくれた。今までは「乳」、つまり、乳をくれる母か乳母と寝ていたのに。そのことを日記に書こう。

明治の父もこのような嬉しさを抱くのか。成長の度合いを喜ぶ歌だが、それ以上に、自分のからだにくっつき眠る小さいからだ、それを感じられる嬉しさが、「添ひ」という言葉の選びに表れている。

「日記」は、もはや育児日記の風情。現代のパパ達と何も変わらない。「乳」と「父」の言葉遊びを入れ込むなど、高揚する父の心が見える。

明治三〇年

膝の上にこよひも吾児《あこ》はねぶりたり貧しき親
を親とたのみて

膝の上で眠る子。「こよひも」からは、日々の昵懇な関わりが分かる。いいお父さんなのだ。その無条件に安心している様子を見たとき、こんな自分を心から頼ってくれていることに思い至り、感じ入ったのである。
「貧しき」には、まず、暮らしぶりが貧しいという捉え方がある。実際、生活が苦しいときもあった。また、親として不十分という捉え方もある。むしろ、こちらだろうか。この慎ましい下句には直文の親子観が映っており、子どもに信頼されていることへのありがたさと責任感とが嚙み締められている。結句の言いさしが効果的だ。

不明

ねもやらでしはぶく己がしはぶきにいくたび
妻の目をさますらむ

――眠ることもできずに咳をしている、その自分の咳
　で幾度妻の目を覚ましているのだろう。

寝られないほどの咳なので、相当苦しいはずだ。だが、ここではそのことよりも、そばで眠る妻、操子《みさお》への慮りが詠まれている。

「らむ」という現在推量の助動詞に着目すれば、妻のことを、今、暗闇の中で想像し、心配しているようだ。実際の状態は確認していない。きっと目を覚まさせている、その申し訳なさが膨らむ「らむ」なのである。「しはぶく―しはぶき」の繰り返しが咳の様子を体現する。

明治三二年

父君よ今朝はいかにと手をつきて問ふ子を見
れば死なれざりけり

この歌の詠まれた前年、直文は喀血し、また、糖尿病を患っていた。第一高等学校の教授を辞め、海辺で療養もするが、病は良くならない。この歌も病床で詠まれた。——「お父様、今朝のお加減はどうですか」と枕元で尋ねる子を見ると、とても死ねない。

「手をつきて」は直文の目が捉えた一種の観察で、この言葉があるから、「子」の姿が概念的に流れずに、立ち上がってくる。

畳から数十センチのところでの物語。父は横たわり、子は坐り、互いを思い合っている。

明治三三年

このままにながくねぶらば墓の上にかならず
うゑよ萩のひとむら

前の歌と同じく、病気で伏せる時の歌。思った以上に病は深まり、治る兆しはなく、いつか死を思うようにもなっている。

——このまま死んでしまったならば、墓に萩のひとまとまりを植えて欲しい。

「萩之家」という号を付けるほど、直文は萩が好きだった。庭にも多くの株を植えていたそうだ。ならば、あちらの世界でも萩がそばになければ寂しいだろう。「かならず」は歌ことばとしては硬く強いが、思わず出たその一言には、切羽詰まった気持ちがあふれている。

明治三一年

萩《シンケプ》といふあいぬ語《ご》をおこせたる友のかたより雁はきつらむ

詞書に「札幌なる友よりアイヌ語にては萩をシンケプといふといひおこせたるゆうべ雁のこゑをききて」とある。雁の声に友のいる北を思った。手紙のことを「雁書」と言うことも踏まえられていようか。手紙と雁が同じ日に北からやってきたことが興味深く感じられたのだ。

この「友」は石森和男。伊勢の神宮教院時代からの親友で、北海道師範学校の教員をしていた。直文は少し前、石森に、アイヌ語で萩を何と言うか教えてと頼んでいる。その返信が来て詠んだ一首。直文の、言葉への興味の大きさがよくわかる。そして、「萩」への愛着も。

明治三二年

いつまでも子供と乳母はおもふらしことしの
秋も栗とどけきぬ

乳母の元から届いた栗。それを見て、いい年になった自分のことを、未だに子どものように思っているのだなと感じたという歌である。この時、直文は四十歳になる少し手前だった。

歩き、探し、拾い、剝き、持ち帰り、茹でて食べた乳母との秋の時間。純朴で温い。栗は、乳母との記憶の回路を呼び覚ます装置である。

「ことしの秋も」とあるので、栗は毎年のように送られてきていたのだろう。離れて暮らし始めてから、ずっとかもしれない。直文を喜ばせるために。

明治三三年

わが家はわがふる里にあらざればかへりても
猶旅ねなりけり

「故郷にかへりてよめる歌どもの中に」という詞書が付いている。今住んでいる家がふる里にない以上、ふる里に帰っても、それは、旅先で寝るのと一緒なのだ。

その実感が「あらざれば」という論理的な接続の中に語られることで、寂しさが増している。理屈の中に、自分を納得させようとしているような。

直文の生家は気仙沼にあり、立派な屋敷が受け継がれている。幼い頃暮らした家で、幼い日と違うことを思う。

一方、「かへりて」を東京に戻ると取り、自宅が仮の宿りに過ぎないとする解釈もあろうか。

明治三二年

もののふの血しほ濺ぎし岡ぞともわすれて人
のもみぢ見るらむ

――ここが、武士たちが多くの血を流した岡であるこ
とを忘れ、人々は紅葉を楽しんでいるのだろう。

直文が生まれたのは江戸の末期。そこからこの歌が詠まれた明治三十三年までを考えても、戦いによって、本当に多くの命が失われてきた。抽象的な歌ではない。直文の生家が武家であったこと。養父直亮が勤王の志士としてかなり深く活動していたことがこの歌の核にある。

だが、大きな出来事も忘れてゆくのが人の常なので、これで仕方ないし、いいのかもしれない。ここの「もみぢ」の美しさは「血しほ」と関わらずにはいられないが。

明治三三年

霜やけのちひさき手して蜜柑むくわが子しのばゆ風のさむきに

細やかな描写の力が場面を立ち上げている、当時としては新しいタイプの歌だったろう。赤くなった小さい手で、不器用に一途に蜜柑を剝く子の姿が、ありありと浮かぶ。

この時、直文は千葉県の海岸で療養しており、冷たい風に、離れて暮らすいたいけな我が子を思った。想像のなかゆえにいっそういじらしい子。この歌を載せて、葉書を家へ送ったのだ。

「蜜柑」の明るい色がほんのりと温かく印象に残る。それは、子を思う直文の心の色である。

明治三三年

病人の戸口にかけし乳入を夜すがらならす木
がらしの風

「乳入」は、宅配の牛乳を入れる箱のこと。明治の初期から、東京では牛乳の戸別配達が始まっていたそうだ。とは言え、高価な物なので、病人などがいる家で滋養を摂らせるために購入していたのだろう。

箱を夜どおし鳴らす木がらしとはもの寂しい。本格的に冬がやってくる前の、寒さに慣れていないこのあたりが一番、心細い。病人にとってもつらい。

「乳入」という呼び方は、当時としては当たり前だったのかもしれないが、今の感覚からするとぶっきらぼうで、ぞんざいな印象を与える。

明治三三年

家にある身はさむからずいでぬぎてこのわた
いれを君におくらむ

「ある貧生の旅だたむとする朝、衣をぬぎてはなむけとす」という詞書がある。「貧生」はお金のない学生。直文の家に寄宿していたのだろう。家にいる自分は寒くはないのだから、旅立つあなたが着なさいねというのだ。

防寒のためにという実際的な意味もあるだろうが、自分の衣を贈る行為は、伝統的に、自分の心や魂を渡すことでもある。素朴な真心がにじむ。直文はたいへん面倒見がよく、たとえば、与謝野鉄幹が貧乏でせんべい布団にくるまって寒くしていたところを見かけ、連れ帰り、自宅に住まわせた。直文という人が見える歌でもある。

明治三三年

里の子にたちまじりつつ寺の門にとしわかき
尼の羽つきてあり

なんともほのぼのとした歌だ。尼さんが子どもと遊んであげているというよりは、自分も一緒に夢中になって遊んでいるような。仏に仕える修行の身と言えど、まだ子どもの部類なのだ。そのような雰囲気を感じ取ったからこそ、直文は歌に詠んだのだろう。

タ行の音が多く、内容はほのぼのしていながらも、声に出せばきびきびした印象を受ける。時折、羽のかちんかちんという音がする、そんな風情だ。

直文は、通りすがりの他者を描くのがとても上手い。心に触れたその情景を過不足ない言葉でさっと捉える。

明治三三年

砂の上にわが恋人の名をかけば波のよせきて
かげもとどめず

まるで映画の一シーンのようなロマンチックな歌。人を恋しく思う切なさが、名前を書かせた。だが、「かげもとどめず」という容赦のない表現は、確かならざる二人の関係性を示唆していて。もろい砂の上で波にかき消される名前。

「恋人」という言葉は、当時としては相当にモダンだった。ふるさとである気仙沼の海辺に建つ歌碑には、〈近代短歌史上「恋人」という翻訳語名詞を日本で最初に使った落合直文の歌〉とある。

「明星」の創刊号に掲載。

明治三三年

色やあると紅梅の花におく露を紙におとして
見るをとめかな

まだ小さい女の子。自分の娘のことを詠んでいるか。露はもちろん透明だけれど、紅梅の上の露には紅い花びらが透けていて、まるで、色付いているかのように見える。それを紙に染み込ませようとしているのだ。

　純粋な思い込みが可愛らしい。露を紙に移せば、それはただの水なわけで、少女はきっとそこで、あれ？　と戸惑うことだろう。

　その「実験」を、直文は見守る。答えはわかっているが、否定することはない。好奇心のままに自分で試すことの貴重さを、よく知っているのだ。

不明

つながれてねぶらむとする牛の顔にをりをり
さはる青柳の糸

眠ろうとする牛。しかし、風になびく柳の枝が顔に当たり、眠りを妨げる。

春ののどかな気分が詠われていて秀逸。特に、「をりをりさはる」というところがいい。アトランダムな柳の動きにより、眠ったかというところで牛は目を覚まさざるをえない。その反応が楽しく想像できる。

また、「さはる」を意思のある行為だと捉えても面白い。芽吹いたばかりの柳の新鮮さは、いたずらっ子のようだ。

何とも言えない春ののどかさを直文は本当に上手く描く。それは、明治期の東京ののどかさでもある。

明治三三年

つくづくし手にもちながらねぶる子は夢も春
野になほあそぶらむ

「つくづくし」はつくしの古い言い方。つくしを手に持ちながら眠るというのは、たとえば、春の野で遊んだ帰途、疲れてしまった子が、誰かの背におぶわれながらという場面を想像する。子は今も夢の中で野を駆け回っているのだ。

あるいは、日中の野での遊びが余程楽しかったのだろう、子がつくしを手にしたまま寝ると言い張ったか。

芭蕉の句、「夢は枯野をかけめぐる」は念頭にあっただろう。こちらはその冬の季語を春に転換させ、幸せな夢となっている。

不明

田端にて根岸の友にあひにけり蛙なくなるは
るの夕ぐれ

地名が味わいを醸し出す。田端と根岸は直線距離で三キロもないが、それでも、思わぬ方角で予測していない人に会う偶然性を面白く思った。直文の住んでいた駒込浅嘉町とこの二つの場所は、地図上でほぼ正三角形を形作る。

また、下句の空気感、ゆるゆると鷹揚だ。「秋の夕暮れ」で終わる三夕の歌や、藤原俊成の〈鶉鳴くなり深草の里〉あたりの慣れ親しんだ調子をどこかに置きつつ、ここでは、人間くさい、とぼけた味わいが髣髴とする。〈月ふみて水鶏をききに出でませと根岸の友は文おこせたり〉。こんな歌もある。いい友である。

明治三三年

さきつづくすみれたんぽぽなつかしみもとこ
しみちをまたもどりけり

昔はとにかく自分の足で歩いただろうし、直文にも、道すがらの歌や、散歩の時の情景を詠んだ歌がいくつもある。

春の野があまりにすてきだったのだ。だから、その感激をもう一度味わいたくて、本当なら帰りは通る予定ではなかった道を、再び選んだのである。

この余裕。その時の感覚に正直に従って、ゆったりと時間を使って、自らを喜ばせられるのはすばらしい。お茶目であり、好奇心がある。「なつかしみ」は心が惹かれるという意味。帰り道も、幸福だったことだろう。

明治三三年

さくら見に明日はつれてとちぎりおきて子は
いねたるを雨ふりいでぬ

「ちぎり」は約束。明日さくらを見に行く約束を子どもとした。寝る間際までその話をしていたことが、「おきて」という言葉からわかる。よほど楽しみにしていたのだ。ところが、である。子が寝てしまった後に、雨が降り出した。

四句目の終わりに置かれた「を」という逆接の助詞には、父としての心がこもっている。明日の朝、子が起きてきた時、どんなにがっかりするだろうということを憂いての、あーあ、どうしたものか、という心がである。溜息混じりの「を」なのだ。

明治三三年

ちる花のゆくへいづことたづぬればただ春の
風ただ春の水

誰に尋ねているのか。おそらくは大いなる何者かへ。下句の「ただ〜ただ〜」という繰り返しは切ないが、誰も答えないことへの虚しさ、寂しさとともに、言葉がなくてもかまわない、豊かな自然への信頼も感じられる。

この詠いぶりのモダンさには、新体詩の影響がある。直文はかつて、森鷗外らと訳詩集『於《お》母《も》影《かげ》』を刊行した。そこから摂取したものと、日本の古典や漢詩の持つ東洋的な趣が相まった、瀟洒な一首となった。

一方、一連にある、「子のうせしをりよめる歌」を踏まえれば、哀惜の一首かもしれない。

明治三三年

おくつきの石を撫でつつひとりごといひてか
へりぬ春の夕ぐれ

「おくつき」は「奥津城」。墓のことである。墓石を撫で、独り言を言って春の日暮れに帰ってきた。

「ひとりごと」は、無論、死者に向けられた言葉だが、端から見れば、一人でぶつぶつと何かを言っていて奇妙だろうという、客観的で冷静な目がこの歌にはある。

誰の墓だろうか。我が子の墓、信頼していた人の墓。大事な人を何人も亡くしている。奇妙な人と思われても、そうせずにはいられない自分であるのだ。

「春の夕ぐれ」はぽんと何気なく置かれた言葉であるが、温もりと哀しみを感じさせる。

明治三三年

をさな子に矢をひろはせて春の日を弓にくら
せり花の下かげ

のどかな春の一日が髣髴とする。「弓にくらせり」という言い方が何とも優雅であり、見頃の桜の下、ゆったりと幼い子との愉快な時間が過ぎてゆく。

子は、矢をひろうのが喜ばしいのに違いない。ひろって届ける、その行為の繰り返しも楽しいし、何より、大人の役に立っていることが誇らしいだろう。

当時は、娯楽としての弓術もあったようだが、これはどこまで本気の練習だったのか。江戸末期に武家に生まれた直文の歌ということを思うとき、このような弓術の楽しみ方ができる日が来たことがしみじみと思われる。

不明

こころみに石をひろひて投げて見むねぶるが
如し春の川水

「ねぶる」は「眠る」。眠るような春の川という比喩が、たっぷりと穏やかな水の面、暖かで大らかな春の気分を表して秀逸。だから、「こころみに」なのだ。投げるつもりもなかったのに、何か、そんな水面に誘われてしまった。

石を投げることは、眠っている川を起こすこと。大きな川に小さな石では、気付いてくれるかどうかもわからないが。ほんの一時、水のおもてを乱すのみかもしれないが。春の茶目っ気である。

N音、M音がまったりとした雰囲気を増幅している。

不明

恋のためにやせやせてわがせ子がおくり
し指環ゆるくなりたり

恋煩いで痩せてしまって指環がゆるくなったなんて、まるで、昭和の歌謡曲のよう。そして、「せ子」は女性から見た男性の恋人・夫のことなので、女性に成り代わって詠んでいる歌だと解釈できる。

「やせやせて」の繰り返しによる過剰さもまた歌謡曲のようで、せ子と会えないつらさ、または、せ子のつれなさを精一杯訴えている。

現代短歌だと言っても違和感のないような歌だが、恋人に指環を贈るという習慣自体が明治時代後半になって広まり始めたそうなので、題材の面からも相当新しい。

明治三三年

鯉にとてなげ入れし麩の力にもたちわかれたる浮草の花

あまりにも微細なところが詠ってあることに驚く。鯉の餌として投げた麩のごく弱い力の作用により、水上の浮草の花々がわかれていくというのである。「麩」の軽さに対して、「たちわかれたる」と大仰に表す、このギャップが何とも面白い。

特に意識せずに見ていた光景の中に、気付きがあった。ニュートンはりんご、直文は麩。「力」の発見である。

微細な力が波源となって伝わり、より大きな何かを動かしてゆく。丁寧な描写の歌であるが、箴言性を持つようにも感じられる。

明治三三年

去年の夏うせし子のことおもひいでてかごの
螢をはなちけるかな

直文には九人の子がいたが、そのうち、四人を亡くしている。この歌の「子」は直弟《なおと》。

「螢」は儚いもののたとえ。そして、和泉式部の〈もの思へば沢の螢もわが身よりあくがれ出づる魂かとぞ見る〉の例にもあるように、「魂」が形を変えたものと捉えられている。

興味深いのは、螢をかごから放つというところ。閉じ込めておく訳にはいかない。せめて短い命を謳歌してもらいたい。「子」の面影を思い浮かべながらの、直文の祈りである。

明治三三年

すずしとてたたみし日傘またさしてしぶきの
中にたきを見るかな

日差しの強い中を歩いて来たのだろう。ようやく滝の傍まで来て、ああ涼しいと感じ、日傘を畳んだが、滝のしぶきが思ったより強かったので、しぶき避けとして、また日傘を差したというのである。

閉じたり開いたりの動作がユーモラスな歌だが、それを行わせるのは人の心であって、描かれた動作から、その時々の気持ちが手に取るようにわかるところが巧みだ。

また、結句で「たき」の歌だったという種明かしがされ、改めて涼気や、圧の感覚を含めた滝の存在感を味わえる。その語順の妙も楽しめる歌である。

明治三三年

をさな子にそそのかされて鮒とると田端のさとに今日も来にけり

直文は「明治の父」であるはずなのに、現代のパパ達と何も変わらない。子どもにせがまれるままにである。そこに驚きつつ、微笑ましくなる。

「そそのかされて」は、ここでは、急き立てられるという意味だろう。「今日も」ということは、これまでも何度も来ているということ。よほど楽しかったのだ。糸を垂らして釣るのか、網かタモで掬うのか。

「田端」という地名が入ることで、歌が一段、力を持った。当時住んでいた駒込浅嘉町からは、徒歩三十分ほどの距離にある。

明治三三年

なさけなき人の心をおもひいでてわれ抛てば
筆に声あり

情け心のない冷たい誰かのことを考えていたら、いらいらして物に当たってしまった。筆を投げ捨てたのだ。すると、「声あり」。筆が、「痛い」と言ったかのように声を発した。それは、もちろん、どこかにぶつかった物理的な音だけれど、「声」としたところで、「われ」との生々しい関わりが生じた。

白居易の詩に「人木石にあらず」というフレーズがあるが、いやいや筆にも心はあり、一方、人間にも心ない者がある。自分も危うく心を失くしそうになっていた。筆がそれに気付かせた。

明治三三年

父と母といづれがよきと子に問へば父よとい
ひて母をかへりみぬ

お父さんとお母さんのどっちが好き？　という質問をすると子どもが困る。その様子も可愛いので、わざとからかうという場面は、今も日常にある。

　下句が見事で、「父」と答えつつも母に申し訳ないという子どもなりの気の遣い方が実によく描かれている。動作の描写が、子の心を雄弁に伝える。直文に問われたら、「父」と答えないわけにはいかない。無論、父の方を立てるという時代の慣らいも子どもながらに承知していた。

　「かへりみぬ」は「みる」に比べて大きな動作。大好きなお母さんを傷つけなかったか。小さな心を砕いた。

不明

わが子をばいくさにやりて里の老人《をぢ》が娘とふ
たり早苗とるなり

明治三十三年の歌なので、少し前にあった日清戦争を念頭に置いているだろうか。

戦争で働き盛りの息子が出征したので、男手がなくなってしまった。それで、老人と娘が苗代から早苗を取っているのだが、まず、田んぼに運ぶまでが重労働である。そして、この後に待っているのは田植え。田植えも非力な者達で行わなくてはならない。

「わが子をばいくさにやりて」という言い方が淡々としていて、出征を賞賛しているようには思えない。いくさの陰のこういうひずみを、直文は篤と知っていた。

明治三三年

さ夜中にひとり目ざめてつくづくと歌おもふ
時はわれも神なり

おお、「われも神」？　と一読、驚く歌だが、『古今和歌集』仮名序の、歌が「力をも入れずして天地を動かし、目に見えぬ鬼神をもあはれと思はせ」られるものだという感覚は、意識のどこかにあっただろう。

それとも歌のことを思うときには、神妙で真っ直ぐな曇りのない思いを抱く、神々しい自分でいられることを感じたのだろうか。

「歌おもふ時は」の「は」が効いていて、歌がどれだけ自分にとって特別で大切なものかが強調されている。夜中につくづくと嚙み締めている。

明治三三年

ぬぎすてて貝ひろひをる少女子が駒下駄ちか
く汐みちてきぬ

一見、日本画の風情を有した、たおやかで優美な歌に見えるが、実は、カメラワークが冴えた一首でもある。まず、読み手は、何かを脱ぎ捨てて貝を拾う少女を思い浮かべる。次いで、脱ぎ捨てたのは「駒下駄」だとわかるわけなのだが、そこからは、駒下駄に焦点が絞られていく。そして、少女の存在は遠景になる。もしくは、忘れられる。

汐が満ちてくる。駒下駄はどうなるのか。大いなる海原、大いなる夜につながる「汐」が、美しく、かつ、不穏な予感を湛える。

明治三三年

あぶら絵に見たるが如きくれなゐの雲の中より夕日さすなり

063

油絵のような夕景。今なら何と言うことのない表現だが、歌が発表された明治三十三年には画期的だった。明治二十年に東京美術学校が設置されたとき、絵の学科は日本画科だけで、西洋画科が作られたのは二十九年になってから。直文の十二歳下の従弟、布施《ふせ》淡《あわし》が洋画家で、宮城から東京に出てきた頃、直文の家に寄宿していたので、そこで油絵を知ったのかもしれない。

　実際の景色があって、それを絵にするという一般的な順序性が反転した。作品のような現実。よほど非日常的な、ドラマチックな景色だったのだろう。

明治三三年

さわさわとわが釣りあげし小《を》鱸《すずき》のしろきあ
ぎとに秋の風ふく

「あぎと」はあごのこと。その一部分に歌を集約していく巧みな造りである。「さわさわ」は「騒騒《さわさわ》」、騒がしく。ここでは『古事記』の「口大《くちおほ》の尾翼鱸《をはたすずき》さわさわに控《ひ》き依《よ》せ騰《あ》げて」を序詞風に踏まえる。親友石森和男との釣りの思い出も背景にあろうか。

また、伝統的な「秋の風ふく」の系譜に連なる歌でもある。釣糸を揺らす風はもう秋のもの。その気付きを詠んだ。「さわさわ」「すずき」「しろき」と響くサ行の音は、「さうざうし」「すさまじ」「さむき」などの皮膚感覚に通じてくる。そして、「しろき」は白秋。秋の色である。

明治三三年

ふるさとの野川は今もながれたりおもへばこ
こよ鮒とりしところ

この「ふるさと」は、故郷気仙沼のことだろう。実家に戻った折、鮒をとって遊んだ川が今も流れていることを目の当たりにした。「今も」の裏には、変わってしまったもろもろが対置されていて、だからこそ、より懐かしく感慨深いのである。そんな心の弾みは四句目の「おもへばここよ」に表れていて、挿入句のようにぱっと入り込んだこの部分がアクセントとなり、こちらの心にも触れてくる。

子どもに付き合って鮒をとる歌（57）もあるが、なるほど、鮒つりはお手のもの。身体が覚えている。

明治三三年

犬蓼の花さかりなる里川に夕日ながれてあきつ飛ぶなり

何気ない秋の歌のようだが、四句目の「夕日ながれて」に立ち止まる。里川に夕日が映っている。そこを後から後から水が行くので「夕日ながれて」になるのである。一語でずばりとその状況を言い得ている。

「あきつ飛ぶ」は、空中のとんぼと水面のとんぼの両方が二重写しになる幻想的な空間もイメージできるし、中景の川を背景に、眼前のとんぼのリアルさを感じてもいい。

犬蓼は別名、アカマンマ。犬蓼も夕日もあきつもみんな真っ赤っかだ。真っ赤っかの日の暮れだ。

明治三三年

歌かきし筆をあらへば雲なして墨はながれぬ
庭のやり水

昔は筆でものを書いたので、それを洗うという作業が伴っていた。この歌の詠まれた明治三十三年にはすでに鉛筆なども登場していたようだが、日常的なものとしては筆が使われていた。何度も見た光景をある日、言葉としてとどめたのだ。

「雲なして」が歌の見所で、水の中に墨がもやもやと溶けていく様子をよく表している。くどくどしい言い方ではなく、ずばりと一言で示した気持ちの良さがある。

観察が詩的な表現に昇華した。庭に現れる雲。庭の趣がさっと変わる。

明治三三年

今朝のみはしづかにねぶれ君のため米もとぐべし水もくむべし

いつも炊事をしている君——おそらくは妻が、今日は調子を崩し、起き上がれない様子なので、おとなしく横になっていなさいと申し出ている。「君のため米もとぐべし水もくむべし」には、明治時代の男にして、こんなふうに家事を肩代わりするのかという軽い驚きを覚える。

　また、「今朝のみは」の「のみ」だが、こう言われれば、「君」の気持ちの負担は和らぐだろう。ただ調子が悪いだけか。何か大きなことがあったその後の「朝《あした》」なのか。「しづかにねぶれ」という命令形も含め、優しい上句となっている。

明治三三年

原町にめしひふたりが杖とめて秋のゆふべを
なにかたるらむ

目の見えない二人が道端で何か話している情景を詠んであるのだが、「原町」という地名や「秋」という季節と相まって、懐かしい風情が醸し出されている。「なにかたるらむ」――何を話しているのだろう。これは、見知らぬ他者への興味から発せられた言葉で、他にも、〈巡礼の子をよびとめてものめぐむ人もありけり秋のゆふぐれ〉や、〈身の上を聞きても見ばや門に立ちて筆売る人のはづかしげなる〉など、一瞬すれ違う市井の人々を、温かい眼差しで捉えた歌が、直文にはいくつもある。「人」というものへの好奇心。それは愛だ。

明治三三年

礼《ゐや》なしてゆきすぎし人を誰なりと思へど遂に
思ひいでずなりぬ

わかるーと思わず言ってしまいたくなる一首。礼をされたので何となくこちらも返したはいいけれど、誰だっけと思うまま、とうとう思い出せなかった。

今も珍しくないこんな日常の一コマだが、五七五七七の形式に入れ込まれたことで、何とも言えない情味が生まれている。

時間軸に沿って、起きたことと思考の流れがするっと描かれているところ、ある意味どうでもよいようなことが歌いとどめられているところ、平成から令和にかけての、現代の短歌にも通じる。

不明

円遊がわれをすててこてけれつのぱりすの里
に行かむとすらむ

一読、?・?・?・と思う強烈な言葉遊びの歌。「てけれつのぱ」は、落語「死神」で、似非医者が呪文を掛けるときの、いかにもインチキそうな文句の一部だが、「死神」の作者の円朝ではなく、ステテコ踊りで有名な弟子の三代目円遊を持ってきたところが楽しい。円遊もまた、直文と同じように、それまでの落語・寄席の世界に新しい方向性をもたらした人物である。

「すてて」と「すててこ」、「ぱ」と「ぱりす」の掛詞が滑らかに進む。ばかばかしいだけでなく、小粋さ、そして、艶がある。

大正三年（死後に発表）

おくところよろしきをえておきおけば皆おも
しろし庭の庭石

ちょうど良いところを見つけて置いたら、庭石はどれも趣があるものになった。つまり、ただの石でも置き方により、その良さが生かされるということで、石について言いながら人間のことにも通じる哲学的な風情を持つ。

何より、「皆おもしろし」と感じられる心そのものが豊かで深い。直文は、新しい和歌も古いものも、ベテランも若手も、いろいろなものの良さを理解し、それを素直に喜べる人だった。直文という人が表れた歌なのだ。

生家の煙雲館の庭には、この歌の碑があり、歌と相まって何とも言えない「おもしろい」趣を醸し出している。

明治三三年

萩さける堤にわれをのこしおきて水はひがしへ人は南へ

地図が描ける。空間認知の示し方が面白い歌だ。また は、数学の、「点Pと点QがA地点を同時に出発するとき……」というような方程式の問題も頭をよぎる。

川べりで人に会っていた。そして、別れた。川は西から東へ流れ、人は、北から南に歩いて行く。その動きの中に、自分という一地点が取り残される。北にいる自分から見れば、東も南もまぶしい方角だ。

さて、これからどうしようか。一つ嬉しいのは、萩が咲いていること。萩は直文が大好きな花だ。これから萩を味わう。この秋にとどまる一地点として。

不明

手ににぎる小筆《こふで》の柄《つか》のつめたさをおぼゆるま
でに秋たけにけり

「秋たけにけり」とは、秋がいよいよ深まっているということ。古来、秋の深まりは、〈佐保山のははそはの色はうすけれど秋は深くもなりにけるかな〉（坂上是則『古今和歌集』）や、〈秋ふけぬ鳴けや霜夜のきりぎりすやや影寒し蓬生の月〉（太上天皇『新古今和歌集』）などのように、景色や、秋ならではの風物を通して、じんわりと感じられてきた。それが、ここでは、手に持った筆の冷たさから、ダイレクトに秋の盛りが実感されている。身体性によって、明確に秋の深まりが見出されている。何気ない歌だが、確実に、清新な詠い振りの歌だ。

不明

わが宿の八重のしら菊その色の一重は月のひ
かりなるらむ

「八重のしら菊」なので、菊の中でも特に、花びらが華やかに開いているものなのだろう。そのうちの一重――たとえば、一番外側の部分が、実は、月の光でできている。花はベールのような月の光に包まれ、夜の中に輝いているのだ。

あるいは、八重の中のどこか一部分に月の光が織り込まれていると考えても趣がある。

発想が美しい。冴え冴えとした光の白さが染み入るようだ。菊の白さと月の白さに共通項を見つけ出し、結び付けたところに見所がある。

不明

やり水はたえていく日ぞ落葉をば落葉のたた
く音ばかりして

「やり水」は、庭園などに引き込んだごく浅い小川。冬に向かうにあたり、水を止めたのか、または、水量が少なくなり、とうとう干上がってしまったか。

水があったときには感受しなかった音に、今、気付いている。「落葉をば落葉のたたく音」からは、双方がぶつかる時の、乾いた、かさかさという音がする。そして、「ばかり」からは、後から後から降る葉が見える。一本の大樹から大きな葉が離れるのをイメージしてもいいし、多くの木々がそれぞれに葉を落とすと取ってもいい。

かそけき音が、大きく増幅されてくる。

不明

母の背にむかしながめしわが身とは知るや知
らずやふるさとの月

ふるさとに帰郷したときを詠った。そこで見る月は、子どもの頃、母の背で見た月と変わらない。でも、月は、あの子どもと今の自分が同じ人物だということをわかっているだろうか？

月の持つ時間軸に対して、人の時間というのはあまりにも短い。子どもから大人へと変貌を遂げる、それなりに長いと思われる時間でさえ、月にとっては一瞬だ。月は変わらず空から私たちを眺めている。

韻律がゆったりとしていて、愛誦性がある。サ行の音の擦れを感じながら声に出して読みたい。

不明

大方は掘りくづしたる貝塚の貝をぬらして降
る時雨かな

モースが大森貝塚を発見したのは、明治十年（一八七七年）。直文が十五歳のときである。そこから、日本の考古学が発展していくわけだが、直文はリアルタイムでその様子を見聞きしていただろう。

これは発掘調査の現場を詠ったものだが、「掘りくづしたる貝塚の貝」を題材として見出したところ、かなり、新時代的な感覚ではなかったか。そして、そこに万葉からの伝統的な「時雨」を取り合わせたとき、不思議に生々しい情調が生まれてくる。貝の表面を濡らす時雨の冷たさが、あわれに立ち上がってくる。

不明

さびしさに椿ひろひて投げやれば波《なみ》、輪《わ》をな
せり庭の池水

一読、椿の赤と、そこから拡がる波紋が鮮やかに思い浮かんでくる。また、「波《なみ》、輪《わ》をなせり」あたりの音の処理も洒落ていて惹きつけられる。

観察の歌だけれど、抽象性・芸術性につながっていると言えばいいだろうか。池は眼前にありつつ内面にもあって、輪が拡がっていくことが、やむことのないさびしさと重なっていく。この行為が少しでも慰めになったのならいいのだが。

椿は「赤」と述べたが、「白」でもいいかもしれない。「さびしさ」の種類も変わってきそうだ。

不明

春のものとおもはれぬまであまりにもさびし
しづけし白藤の花

080

藤の房が垂れている様子はとても華やかだが、それが「白藤」となれば、全く趣が違ってくる。無垢で、地味で、禁欲的。直文はそれを、「春のものとおもはれぬまで」と評した。つまり、本来ならば、もっと彩り豊かで、鮮やかであるべきという感覚が存在するのである。

「さびしくしづか」などと続けずに、「さびし」「しづけし」と繰り返し言い切ったところに強い詠嘆の情が窺える。心がこぼれている。一般的に、白は紫に遅れて咲くので、紫の藤を見た目に、余計に、次元の違うものとして映ったか。

不明

山寺のおくのぬれ縁くちそめて羽《は》蟻《あり》むれたつ
春の夕ぐれ

風情ある和歌の語調の中に、突如「羽蟻」が出てきて意表を突かれる。「くちそめて」は、「朽ち初めて」。「羽蟻」がシロアリのことならば、ぬれ縁が朽ちることと、あまりにもダイレクトに結び付いてしまうけれど、裏を返せば、非常に理にかなった歌だと言える。

しかし、ここでは、蝶や鈴虫とは明らかに違う、非常に現実的な虫をモチーフとして詠み込んだ、そのことを手柄とし、鑑賞したい。古典的な美の価値観を打ち破る歌。しかも、再び、わざわざたおやかな「春の夕ぐれ」で締めていて、そのギャップも楽しめる。

不明

碁をくづす音ばかりして旅やかたしづかに春の夜は更けにけり

旅館に泊まった夜のこと、とても静かで、盤上の石をくずすときのじゃらじゃらという音がするばかりである。直文が碁を打っているのではなく、隣室か、その先か、宿のどこかで誰かが打っている。それが響いてくるのだ。昔の宿はふすまなどで仕切られているだけなので、音は基本的に筒抜け。それでも、人の声がしないというのがポイントである。明らかに人はいるのに、その気配が生々しく伝わってこない妙味。

「春の夜」というのが柔らかくて良い。ささやかに満たされるものがある。これが秋なら、寂しいだろう。

不明

うつしなば雲雀の影もうつるべし写真日和《しゃしんびより》の
うららけき空

写真の機材が日本に持ち込まれたのは一八四三年。江戸時代が終わる二十五年ほど前だ。この歌が作られたあたりには、写真というものが一般へも普及し始めてはいたようだが、とはいえ、まだまだ相当珍しかったはずだ。

ここでいう「雲雀の影」は、雲雀のフォルム、形そのもののことだろう。あっという間に飛び去る鳥の、その一瞬のシャッターチャンスを、日の光が満ちわたる空を見ながら想像している。「写真《しゃしん》日和《びより》」は、結構大胆な四字熟語。しかし、気分がよく伝わる。

「う」の音の頭韻が歌を柔らかく押し広げる。

不明

里の子にすみれの床はゆづりおきてひとり雲雀の空に啼くらむ

天には雲雀、地にはすみれと子ども。すみれが床のように一面に広がり、その上で子どもたちが遊んでいる。その一方で、雲雀は「ひとり」。その対比が際立つ。

雲雀が空にいる理由として、「すみれの床はゆづりおきて」と解釈しているところが興味深い。もし、子どもがいなければ、雲雀もすみれの床を楽しんだかもしれない。

雲雀の孤独な気持ちを詠んでいるのだろうが、同時に、「ゆづりおき」からは、身を引きながらも、空から子たちを見守る責任感が伝わる。超然と、しかし、深い眼差しが空にある。

不明

早川の瀬にさからひてとぶ鮎のひかりすずし
き月のかげかな

鮎は四月、五月くらいになると川を遡り始める。七センチほどの小さなからだが、次から次へと、瀬をのぼってゆく。「さからひて」という言葉の選びには、本能に従って生きる命の強さ、真っ直ぐさが表れており、岩や段差があるようなところでは、まさに空中を「とぶ」。そこに迷いはない。

ここでは、夜の景を詠んだところがすてきだ。月の光に照らされ、きらきらと鮎のうろこが輝く。「ひかりすずしき」は「鮎」にも「月のかげ」にも係っていて、澄んだ清い香気が漂う。

不明

いつはりの人ほど歌はたくみなりうちうなづ
く姫百合の花

一読、どきりとする歌で、何かあったのかと心配になる。断定「なり」の切れ味により、上句は明快な警句のようだ。

そして、それに合わせる下句には「姫百合」が登場する。初夏咲きのだいだい色の小振りな百合は、真っ直ぐに立つ茎に複数の花が咲くので、頭が重い。野山で風に吹かれて揺れる様子が、「うちうなづく」ように思われた。

むろん、「姫百合」は植物だが、上句と合わせて読むと、たとえば、若い女性の比喩のようにも思えてくる。騙されてはいけないよという警告の歌であるやも。

不明

わが歌をあはれとおもふ人ひとり見いでて後
に死なむとぞおもふ

切なる願い。自分の歌をいいなあと思ってくれる人をひとりでも見つけてから死にたい。「あさ香社」を設立し、多くの人に歌を教え、憧れられ、仰がれた。そんな直文が、たったひとりを求める。創作者の孤独が胸に迫る。

〈あかつきの星のおちきてくだけなば君が歌の如きひびきあらむか〉——直文は、和歌の改良を目指し、新しい歌を求めていた。「君」の歌にある、あかつきの星が落ちて砕けるような衝撃性。翻って己の歌は。才能ある人々を育て、その歌の輝きを喜びながら、募る切なさがあった。

明治三三年

かの人の歌にのぼりし夕より恋しくなりぬあ
か星の影

あの人の歌に詠まれた「あか星」。そこからその星が恋しくなってしまった。あの人というのは心惹かれている人で、だからこそ星が愛おしくなったわけだが、歌に詠まれた途端に、その題材が違って見え始めるということはある。別な色、別な物語をまとい始めるのだ。

「歌に詠まれし」ではなく、星なので、「歌にのぼりし」としたところに工夫がある。また、「あか星」は明けの明星のこと。「夕」には見ることのできない星であることが、いっそう恋しさを募らせる、そういう対置構造を持つ歌である。

不明

いざや子ら東鑑《あづまかがみ》にのせてある道はこの道は

るのわか草

この歌には、面白いエピソードがある。正岡子規が新聞紙上でこの歌などを盛んに批評していたとき、それを見た直文は、子規の病気見舞に林檎を持っていくのを取りやめた。その理由がすてきで、子規が遠慮して、その筆鋒が鈍るのを避けるためなのである。結局、紙面での批評は続き、林檎は腐ってしまったとか。

子規は、初句は「いにしへの」などの方がいいと言ったが、呼びかけの「いざや」の働きは大きい。春の探検への出発だ。「子」「東」「はる」「わか草」の響き合う、わくわく感があふれる歌である。

明治三四年

蚊のまつげおつる音をも聞くばかり座禅の御
堂さよ更けにけり

座禅をする夜の御堂がとても静かだということを述べているのだが、その静けさを強調する比喩として蚊のまつげが落ちる音をもってきたところ、何とも言えないおかしみがある。

『列子』に「焦螟《しょうめい》」という、蚊のまつげに巣くう想像上の虫の話があるので、あるいは、それを土台としたか。けれど、そもそも蚊にまつげなどあるのかしら。

小さい蚊の、そのか細いまつげの一本が落ちる、ごくかそけき音。そこに場の空気が収斂していくようで、こちらまでしんと耳を澄ませてしまう。

明治三四年

まどへりとみづから知りて神垣にのろひの釘

をすててかへりぬ

一読、ぞーっとしてほっとした歌である。「釘」は藁人形に五寸釘の、いわゆる丑の刻参りの呪釘だろうか。呪うために神社のあたりまでは行ったが、「まどへり」、つまり、自分が惑っている、相当混乱していることを自覚し、釘を捨てて帰ってきた。

当時の読者はこの歌をどう読んだのだろう。かなり本気でこういうことが成立していたのか。この歌のある一連には、「簪《かざし》」、「舞姫」、「絵扇」、「文筥」などの雅な言葉、また、女だったならという反実仮想を詠んだものもあるので、そのような気分がもたらした成り代わりか。

明治三四年

少女子が蘏いれおきし手箱よりうつくしき蝶
のふたつ出できぬ

はっとするような情感がある。手箱の蓋を開けたときに蝶が飛び立つ、その一瞬の鮮やかさに心がときめく。「ふたつ」というのも良くて、つがいか、姉弟か。二頭が一度に飛び出す驚きを味わっても良いし、時間差を持って、ひとつ、ふたつと舞い上がるのも嬉しい。

羽化を目的として「繭」を手箱に入れておいたのではないだろう。可愛らしさがいとしくて、宝物としてしまっておいたのだ。

うつくしい蝶は少女子の憧れの心でもある。それが飛び立った。

明治三四年

夜車に乗りあひし人は皆いねて大磯小磯にひ
とりうたおもふ

「夜車」とは、明治時代の中頃には登場していた夜行列車のこと。夜行の乗合馬車という可能性もあるが。

乗り合った人々はみんな寝てしまい、がたんごとんという線路を走る音のなかに自分だけが起きている。「大磯小磯」は、海の近くを行くときの感懐で、たとえば、窓越しの月明かりの中に海が見えたり、また山手に戻ったりが繰り返された様子を言っているのだろうか。東海道線の「大磯駅」あたりを通った時の連想かもしれない。

「ひとりうたおもふ」——、ささやかに満たされる、心の中の自由な時間である。

明治三四年

かへれとはの給はねども母君のをりをりもの
をおぼす時あり

帰れとはおっしゃらないが、母君が時々物思いにふけっていらっしゃるときがあるよ、というこの歌には、「朝鮮なる弟のもとに」という詞書が付く。弟とは鮎貝槐園。明治二十七年に朝鮮に渡り、昭和二十一年まで帰国しなかった。槐園は、正岡子規と仙台の南山閣で文学談議をし、子規の目を開かせた人物としても知られている。

朝鮮は当時、どんなに遠い地だったか。が、母は、帰れとは言わない。けれど、弟のことを偲んでいるのがわかる。言葉にしない母の代わりに、兄が弟に言うのだ。敬意を持って母を描いたこの歌で、弟は母の心を知る。

明治三四年

文机に小瓶をのせて見たれども猶たけながし
白ふぢの花

白藤を飾ろうと小瓶に活け、はじめは、床の間のようなところに置いたのだろうか。だが、房が長いので、今度は文机に載せてみた。うーん、それでも長い。思考と行動の流れが手に取るようにわかり、愉快だ。

子規に〈瓶にさす藤の花ふさ短かければたたみの上にとどかざりけり〉という歌があるが、直文のこの歌から発想を得たものを、逆の視点から詠んでいよう。

明治三十四年、直文歌は「国文学」三月十日号、子規歌は、新聞「日本」四月二十八日付。リアルタイムで影響を受けながら詠う、当時の勢いが見える。

明治三四年

をとめ子が泳ぎしあとの遠浅に浮輪の如き月
浮びきぬ

とてもモダンで瀟洒な一首。「泳ぎしあと」という時間的な広がりと、「遠浅」という空間的な広がりの両方が備わっている歌であり、何か立ち去りがたく、この風景を味わっていたい気がする。

　この構図は西洋由来のものだろうか。日本画のたおやかさを残しつつも、一つ、鮮やかな飛躍が感じられる。前述した、直文の従弟である洋画家、布施淡《ふせあわし》の影響は少なくなかっただろう。

　海に今あるのは月だけ。しかし、もうそこにはいない「をとめ子」の面影がいつまでも漂っている。

明治三五年

子等は皆貝を拾ふといで行きて磯のはたごや
昼静かなり

直文は亡くなる前年、病気になり、湘南の海岸で静養する。そこに子どもたちが様子を見に来たのだろう。病は小康状態のようだ。皆が浜に行く余裕がある。

はたごやの静けさは、その前の賑やかさがあったことでいっそう際立つ。いつもは感じなかった類いの静けさを感じているのだ。ぽんと入った「昼」という語が、韻律全体のアクセントになっている。

一連には、〈子等と共に貝合せして雨の日を一日くらせり大磯の里〉という歌もあるので、拾った貝を使って一緒に遊んだのかもしれない。

明治三五年

萩寺は萩のみおほし露の身のおくつきどころ
ここときさだめむ

萩を愛する直文は、奥津城《おくつき》——墓所を萩寺に置きたいと思った。「露」を萩の縁語として用いつつ、療養中の身のはかなさは実感だった。だから「さだめむ」。定めれば安心できる。一方で、「萩寺は萩のみおほし」という言い方が、結構面白い。それはそうだろうという面白さである。

「萩寺」は東京都江東区にある龍眼寺のことで、そこに建つ石碑では、上句が「萩寺の萩おもしろし」となっている。萩寺に建てるなら、それもそうだろう。

実際は、直文の墓は青山墓地にある。葬列は長く、「福沢諭吉以後例を見ず、会葬者千二百人余」だったそうだ。

明治三四年

こがらしよなれがゆくへのしづけさのおもか
げゆめみいざこの夜ねむ

099

「辞世歌」という詞書がある。明治三十六年の十二月、直文は満四十二歳でこの世を去った。木枯らしに向かって、お前が吹き去った先の静けさを空想しながら眠るよと語りかけている。その「先」とは、いずれ直文も行くところかもしれなくて。静かで安らかな場所ならいい。「いざ」は「さあ」という呼びかけの言葉で、吹き荒れる木枯らしに対し、安心しなさい、いいところに行けるから吹き止もうと言っているとも取れる。

直文の研究者の伊藤文隆氏は、この歌を、弟子三人の合作としている。

明治三六年

おなじ世にたまたま君と生れきてともに歌よみともに萩見る

この世での巡り会いの不思議さを詠う。ほんの少し時代がずれていたら、「君」と共に時を過ごすことはなかった。「君」、「歌」、「萩」。いずれも直文が愛したものであり、この今は、一回性の、貴重な、至福の時なのである。「君」は、歌仲間でも恋の相手でも、また、同性でも異性でもいい。〈おなじ世にたまたま君と生まれながらわかれてものを何おもふらむ〉という類歌もあり、こちらの方が、相聞の色合いが強い。

直文は、周りの人や門人たちに対して寛容に鷹揚に接したが、その根底には、この歌に映る人生観があった。

不明

解説　始まりのひと、結ぶひと

梶原さい子

近代短歌の流れを遡って行くと、その水源地帯に連なる山々の、もっとも奥に位置する山に行き当たる。それが落合直文である。

（『落合直文――近代短歌の黎明――』）

歌人の前田透がそう断じたとおり、直文は近・現代短歌の「水干《みずひ》」、つまり、沢の行き止まりと言えよう。遡れば直文に辿り着く。短歌の最初の一滴はここからにじみ出た。

江戸期から明治期への激動の時代、あらゆるものが著しく変わる状況下、文学、そして和歌もそのままではいられなかった。変わらねばならないだろう。しかし、残すべき大切なものもある。期待、危惧、試行、抵抗。変化の時代に身を置き、その葛藤を肌で感じる中に、和歌の変革は成っていった。その核には、直文の、古いものを大切にしながらも、新しいものを打ち出していかなければならないという、直感に基づく信念があった。

＊

直文は、江戸時代の末期、現在の宮城県気仙沼市（陸奥国本吉郡松崎村）に、武家の次男として生まれた。本名は亀次郎。生家、鮎貝家は伊達家の重臣である。

だが、六歳の時に、大きく時代が変わる。江戸から明治へ。そして、四民平等の世の中になった。もう武士ではない。

とは言え、そう簡単に切り替えられるわけはない。武士だったかもしれない自分を消すことはできない。

緋縅の鎧をつけて太刀はきてみばやとぞ思ふ山桜花

これは、のちに、「緋縅の直文」と称されるほど、皆に知られた代表歌だが、元武家という出自を思いながら読むとどうだろうか。

さて、暮らしは厳しくなった。これからどのように生きていけば良いか。

父は、直文に学問をさせる。

九歳で仙台の私塾に通い始めたのを皮切りに、直文は、仙台、伊勢、東京で学ぶ。その過程で、十二歳の時、仙台の中教院の統督だった落合直亮《なおあき》に才能を愛され養子になった。この出会いは、直文の人生を大きく変えた。そして、〈短歌〉というものの命運も変えただろう。養家は、和歌をよく詠み合う家で、直文はここで歌の手ほどきを受けた。

十五歳の時、養父が伊勢に赴任するのに伴い、神宮教院に入学。四年間勉学に励んだのち、東京で学ぶため、伊勢から東京に向けて出立する。この二週間の旅のことを書き留めたのが、紀行文「村雨日記」である。百三十六首の和歌を交えながら、各地の風物や歌枕などについて生き生きと書かれたこの作品は、文学者直文の出発点となった。

今よりは隅田川原の月をみて神路の山の秋をしのばむ

そして、東京大学古典講習科の第一期生として入学。熱意を持って学んでいたが、徴兵され、三年間兵役に服した。官公立学校生徒であり、養子で嗣子である直文は徴兵が免除されるはずなので、このことは大きな問題になったそうだが、取り消されることはなかった。明治維新の際の生家、養家の立ち位置が影響した、不条理な扱いだったのかもしれない。それで、大学は中退せざるをえなかったが、そんな環境下でも、時間を惜しんで勉強し、除隊後、国語伝習所、皇典講究所（國學院大學の前身）、東京専門学校（同早稲田大学）、第一高等中学校（同東京大学教養学部）等で多くの生徒に国語国文学を教えることになる。

直文の講座は大人気で、たとえば、一高では、教室に人が入りきらないほどだったそうだ。「孝女白菊の歌」を発表したのは、二十六歳の時である。これは、今様形式の長編新体詩で、文学者としての直文は、はじめ、新体詩の作者として知られた。新体詩は西洋の詩歌のスタイルと精神を採り入れながら創られた新しい詩型である。

阿蘇の山里、秋ふけて。
ながめさびしき、夕まぐれ。

からはじまるこの詩は、全国の多くの人に愛誦された。
この時、直文は、その前書きで

長歌は五七のしらべにてうたひくるし短歌はことばすくなく思をつくしがたしされば今よりはただ今様のみやおこなはれなむ

と記したように、今様形式の新体詩に可能性を感じていた。一方、文字通り短い「短歌」のかたちで思いを表現していくのは難しいと考えていた。しかし、西洋由来の詩歌の形式を試す中で、気持ちは、国詩、つまり、和歌の革新へと向いていく。こちらにこそ踏み込まなければいけないと。

明治二十五年、三十歳、歌会の機関誌「歌学」発刊に関わる。その創刊の辞である「賛成のゆゑよしをのべて歌学発行の趣旨に代ふ」では、
●歌をすべての国民、特に青年たちにも作ってほしいこと。
●歌を盛んにするには大きな団体をつくった方がよく、そうすれば、各派のひどい争いもなくなるし、学び合えること。
●雑誌を出せば、地方でも学ぶことができること。
●世間には面白い考えを持っている人がいるので、研究し合えばいいこと。
●従来の歌がいいか、新しい歌がいいか、一人一人考えは違うから、それを聞きたいということ。

などの、広い考えに基づく呼びかけがされた。この「広い」というのは直文の考え方の大きな特徴である。直文の本質と言ってもいい。それまで、ある階級の人たちにしか触れられないものだった和歌を、すべての国民に作ってほしい、地方でも作ってほしい、異なる考えのみんなで、面白いことを考えているみんなで、意見を交わしながら、というのであ

る。これこそが、和歌の革新なのだろう。今であれば、当たり前のようなことが、当時としては、大きな表明だった。

そして、翌年、短歌結社「あさ香社」を設立する。直文の住む本郷浅嘉町を本拠地としたこの結社は、金子薫園、尾上柴舟、与謝野鉄幹などを輩出し、自由な精神で和歌革新運動を推し進めた。たとえば、鉄幹、晶子の「明星」発刊へも、かなり直文は支援した。資金も、かなりの額を援助した。直文は志もつものたちの応援団長でもあった。このような一つ一つの行動が、結果的に、〈現代短歌〉へと繋がっていく。

一方、直文には、国語の研究者という面もあった。『日本大文典』、『大鏡詳解』、『新撰歌典』等々多くの、文法書や注釈書、入門書等のことばに関する本を編んだが、とりわけ、日本大辞典『ことばの泉』の存在は大きい。これは、国語辞書と百科事典を兼ねているような、語彙の範囲が大変広いものだった。

教育者・文学創作者・国語の研究者という三つの業に力を込めて取り組んだ直文。それぞれが結び合い、影響し合う中に、様々な新しい成果が生まれていった。

そしてもうひとつ、家庭人としての直文がいる。直文は、養父直亮の長女、松野と婚約していた。だが、松野が死去し、その妹である竹路と結婚する。しかし、竹路も不治の病となり、離婚し、操子《みさお》と結婚した。その中で、九人の子を得たが、うち、四人を亡くしている。

失せし子に面影似たる雛もあり買ひてゆかまし妹に見すべく

そのようなこともあったからか、歌から窺える直文は子煩悩なところがあって、現代の父親と同じような子どもへの接し方も見える。

をさな子にそそのかされて鮒とると田端のさとに今日も来にけり

さくら見に明日はつれてとちぎりおきて子はいねたるを雨ふりいでぬ

子どもの存在が直文の歌に何とも言えないふくらみをもたらした。可愛らしい子の様子を言葉でとどめ置きたいと願ったとき、今までの和歌から一歩踏み出した新しい表現が生まれてきた。和歌革新の陰の功労者は子どもたち、そんな風にも感じられてくる。

直文が亡くなったのは、四十二歳。数年来、病気を抱えていた。

このままにながくねぶらば墓の上にかならずうゑよ萩のひとむら

病の歌も少なくない。その中でこの歌には、好きだった萩を墓に植えて欲しいという切実な願いが詠まれている。

わが歌をあはれとおもふ人ひとり見いでて後に死なむとぞおもふ

このような歌もある。皆に仰がれた直文だが、こんな孤独な願いもあった。和歌の革新の中の苦しみを思う。個の内側においても、革新はそう容易くはなかった。

直文の葬儀には、千二百人あまりが集まった。また、葬列の通る沿道でも、戸口に立ち、涙を流して見送る人が多くいたという。

友人であった森鷗外は、直文のことを、「すこしも胸にこだはりの無い、所謂竹を割つたやうな」人柄で、「私は、落合君と話す毎に、いつも愉快を感じて、その愉快が、別れて後も数日間去らなかつた」(「国文学」六十二号「萩の家主人追悼録」)と言っている。そういうところも、愛されたのだろう。

＊

さて、直文の歌をいくつか拾ってみるが、今詠んでも、本当にみずみずしい。そして、ロマンがある。

名もしれぬちひさき星をたづねゆきて住まばやと思ふ夜半もありけり
砂の上にわが恋人の名をかけば波のよせきてかげもとどめず
をとめ子が泳ぎしあとの遠浅に浮輪の如き月浮びきぬ
夕暮れを何とはなしに野にいでて何とはなしに家にかへりぬ

名前も知らない小さい星に住んでみたいという一首目、ヨーロッパの映画や、J-POPの世界観が思われる二首目、西洋の絵画の影響を受けていそうな構図の三首目、何ということのないことを詠うという現代性が感じられる四首目。和歌の革新をまさに、自ら進めていったことがよくわかる。

しかし、直文の優れていると思われるところは、古いものを切り捨てたり、むやみに攻撃したりしないところである。尊重している。たとえば、ある懇親会では、

私は、新派であるか、旧派であるかといふに、やゝ、新派に、左祖して居るものです。されど、また、旧派もすてない、（中略）思へば、歌学社会の今日の急務は、新旧両派の合同です。

（「国風家懇親会席上演説」）

と、新旧を結びつけようと檄を飛ばしている。直文は、守旧派と改進派のはざまにいて、双方に活を入れ、提案できる貴重な存在であった。実際、古今の古典・漢文をとことん学び、和歌をものし、そのよさを十分知り抜いている直文だからこそ、その言が聞き入れられたところはある。直文が言うのならば、と。

直文の本当の手柄は、このように、いろいろなものを結びつけることにあったのではないだろうか。新派と旧派。ベテランと若手。都会と地方。江戸から明治の、激しい過渡期に本当に必要だったのは、このような存在だったのではないか。

おくところよろしきをえておきおけば皆おもしろし庭の庭石

「皆おもしろし」と言える好奇心と寛容さが、あの時代において、目に見えない部分も含めて、本当に大きな仕事をなしたのだ。

著者略歴

梶原さい子（かじわら　さいこ）

一九七一年、宮城県気仙沼市唐桑町生まれ。河野裕子に出会い、歌を詠み始める。一九九八年、塔短歌会入会。歌集に『ざらめ』、『あふむけ』、『リアス／椿』（葛原妙子賞）、『ナラティブ』（日本歌人クラブ東北ブロック優良歌集賞）、『現代短歌文庫　梶原さい子歌集』。共著に『３６５３日目〈塔短歌会・東北〉震災詠の記録』。第二十九回現代短歌評論賞、第一回塔短歌会賞等受賞。現在、塔短歌会選者。朝日新聞みちのく歌壇選者。現代歌人協会会員。日本民俗学会会員。高校教員。

落合直文の百首　Ochiai Naobumi no Hyakushu
著　者　梶原さい子　©Saiko Kajiwara 2023
二〇二三年五月二一日　初版発行

発行人　山岡喜美子
発行所　ふらんす堂
〒一八二-〇〇〇二　東京都調布市仙川町一-一五-三八-二階
電　話　〇三（三三二六）九〇六一
ＦＡＸ　〇三（三三二六）六九一九
ＵＲＬ　http://furansudo.com/
E-mail　info@furansudo.com
振　替　〇〇一七〇-一-一八四一七三
装　幀　和兎
印刷所　三修紙工
製本所　三修紙工
定　価　本体一七〇〇円＋税

ISBN978-4-7814-1556-7 C0095 ¥1700E
乱丁・落丁本はお取替えいたします。

●既刊

定価一八七〇円（税込）

小池　光著　『石川啄木の百首』
大島史洋著　『斎藤茂吉の百首』
高野公彦著　『北原白秋の百首』
坂井修一著　『森　鷗外の百首』
藤原龍一郎著　『寺山修司の百首』
藤島秀憲著　『山崎方代の百首』

（以下続刊）